三浦綾子
祈りの世界

写真・おちあいまちこ

日本キリスト教団出版局

本書の祈りのことばは日本キリスト教団出版局より発行された『祈りの風景』（版元品切れ）を中心に精選し（巻末に初出一覧あり）、再構成されたものである。

三浦綾子　祈りの世界

主よ
この幼な児の手の
なんと柔らかく
愛らしいことでしょう
私たちもまた
幼な児の時には
このような
愛くるしい手を
与えられていました
そのことを思って
感謝いたします
汚れなく
悪意なき
この小さな手を見ていると
自分自身の手が
浅ましく思われてなりません
私の手は
いつしか罪に汚れ
怒りの拳となり
どれだけ多くの人を
悲しませてきたことか
ああ主よ
この幼な児が
これから一生の間
罪の深みに誘われることなく
歩み行くことができますように
御守り下さいませ

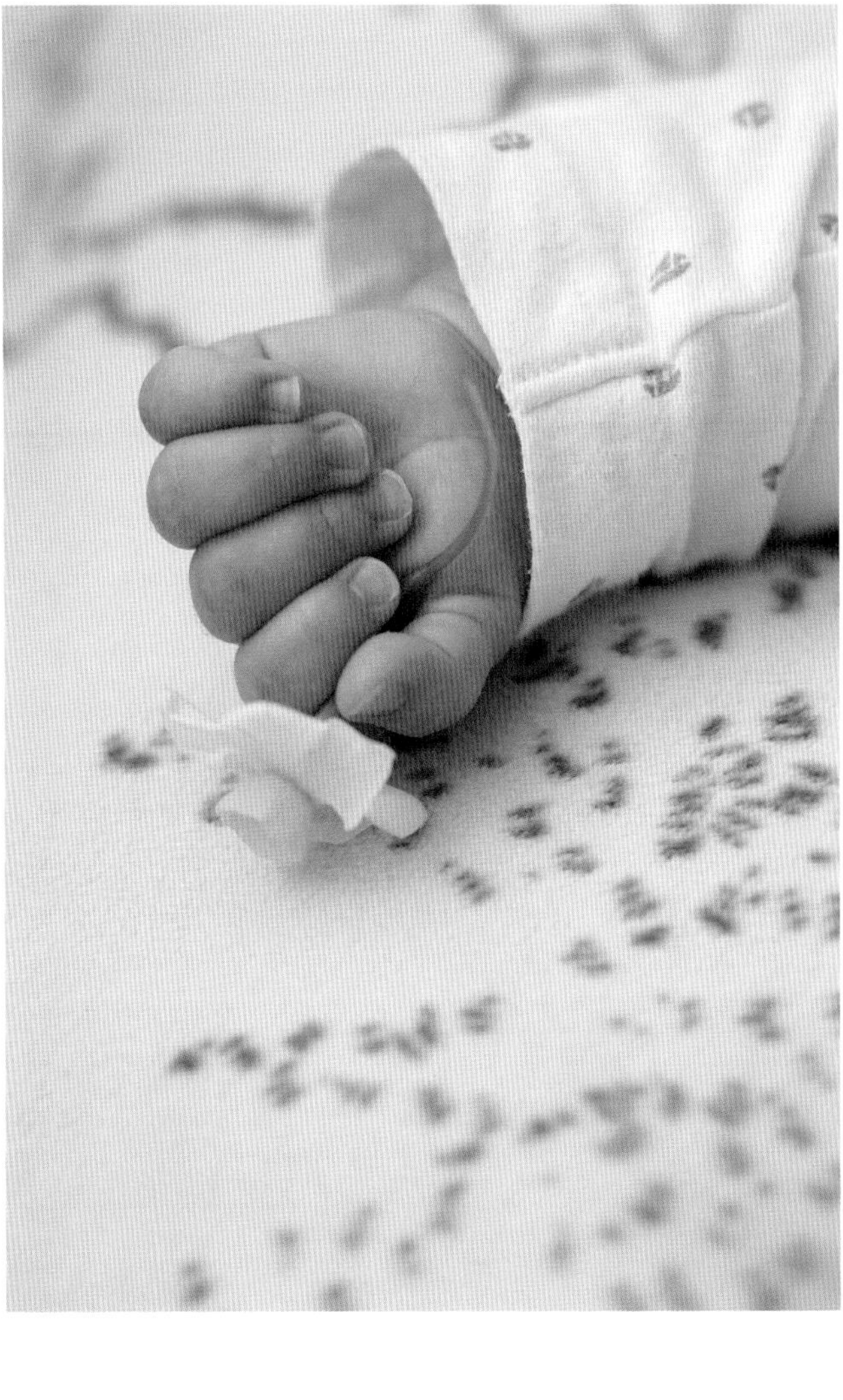

全能の御神

あなたがお与え下さった人間の成長の過程の、何と不思議なことでしょう。何と驚嘆すべきことでしょう。御業《みわざ》を讃めたたえます。

大海原に向かって　佇《たたず》む時
神よ　私は
海の向こうの国に住む
人々のことを　思います
ソビエト　韓国　朝鮮
それにつづく中国
海の波は　日本の浜辺を
やさしく撫《な》でるように
海の向こうの国の浜辺をも
やさしく撫でているに
ちがいありません
そう思うだけで　私の胸は
熱くなるのです
神の愛を思って　熱くなるのです
どうか　どうか　どうか
どうか　世界に
平和を来らせて下さい

ウラジオストク 769Km
Vladivostok
北海道 577Km
Hokkaido
大阪 485Km
Osaka
東京 311Km
Tokyo
能登半島 137Km
Noto Peninsula
粟島 63Km
Awashima Island
『二つ亀・大野亀』はミシュラン・グリーンガイド・ジャポンで二つ星として掲載されました

神よ
何と美しい畝《うね》でしょう
今日一日忠実に
働いた人々の上に
平安をお与え下さい
その痛む腰や肩に
主の御手を置いて下さい
　キリストの聖名によって……

愛なる御神

人々は、様々な職につき、様々な建物の中に住み、毎日あくせくと生きております。

大きな建物の中に住む人が、小さな建物の中に住む人より、幸せとは限りません。

一流会社に勤める人が、小さな会社に勤める人より、幸せとは限りません。

でも私たち人間が、そのことに気づくのは、いつもまことに遅うございます。何が人間にとって本当に幸せなのか、それを求める心を、私たち一人一人に教えて下さい。

「わたしたちはふつつかな僕《しもべ》です。すべきことを
したに過ぎません」
とは、なんとすばらしい聖句でしょう。

私たちは何もせずに日を過ごしながら、自分のすべきことは充分にしたかのように、傲慢に生きております。もし、本当に神に従順であるならば、神は私たちを、より平安に、より美しくあらしめて下さるのではないでしょうか。

どうぞ、謙遜と従順をお与え下さい。

愛なる主よ

今日私は、生きることが苦しいのです。一人の人の敵意を、心の奥深く感じたからです。主よ、私はなんと愚かな者でしょう。優しい夫があり、案じてくれる肉親たちがおり、多くの友がおりますのに、只一人の冷たさが、私を耐え難くするのです。

でも主よ、主が私に耐えることをお望みでしたら、私は耐えて行きとう存じます。いいえ、耐えるよりも、その人を愛する力を頂きとう存じます。

主よ、愛することを教えて下さいませ。

全能の父なる御神

もし私が死んだとしても、神は死に給いません。私の死んだ後《のち》の後の後も、永遠に神は生き給います。私の生きている今も、死んだ後も、神の生きてい給うことを思って、平安です。

主の聖名は讃むべきかな。

愛なる御神
動物や、木や、花たちは、
「自分など何の役に立つものか」
などと、愚痴ったりはいたしません。只人間だけが愚痴るのです。そのくせ、また、「どうだ、私のように役に立つ者はいないだろう」と威張りもするのです。私たちが役に立っているかどうかは、神のみがご存じです。私たちは黙って、自分自身のなすべきことを、なせばよいのではないでしょうか。

どうか神よ光を指し示して下さい。

神さま
私共の心の中にも、数々の倉が立ち並んでおります。
憎しみがいっぱい詰まっている倉
疑いが詰められている倉
怒りが積み重ねられている倉
誰にも見せることのできない倉ばかりが建っております。
どうか、神のみ言葉で満たされた美しい倉が、私の胸にも建てることができますように。日々の歩みをお導き下さいませ。

E MEMORIAL
19 88

「我は甦りなり命なり。我を信ずる者は死ぬとも生きん。汝これを信ずるか」

と、主は仰せられました。主よ、心から信ずる者であらせて下さい。信ずる力をお与え下さい。伏しておねがいいたします。

「神に従うことが、最も近道である」
と、今日礼拝の説教で聞きました。
神さま、どうぞ、あなたに素直に従う思いを私の胸に宿して下さい。

ΜΙ
ΑΣΙΣ
ΤΩ ΤΟΝ
ΣΤΑΥΡΟΝ ΑΥΤΟΥ
ΛΑΒΕΤΕ
ΤΟΥΤΟ ΕΣΤΙΝ
ΤΟ ΣΩΜΑ ΜΟΥ
ΕΜΒΛ
ΤΑ
ΤΟΥ

「ああ主は　誰《た》がため
世に降りて　かくまで
悩みを　受け給える」
と讃美歌にございます。主よ、もしもあなたが、もしもあなたが、この世に来り給わなかったとしたなら、私たち人間は、どこに救いを求めていたことでしょう。
主よ、主の御足の跡を辿らせて下さい。

北には北の、南には南の風物があります。順境の時にも、きびしい逆境の時にも、只聖名を崇めさせて下さい。

街を眺めおろす時
主よ　私は
どんな仕事をして
この街の人々は
生きているのかと
すぐに　そう思うのです
そしてそのあとで
いやいや　この街の人々は
何を見つめて
生きているのかと
考えなおすのです
主よ
もっと一人一人の
魂のために
祈る愛を
与えて下さい

郵 便 は が き

料金受取人払郵便

新宿北局承認

9161

差出有効期間
2025年9月30日まで
(切手不要)

169-8790

162

東京都新宿区西早稲田2丁目
3の18の41

日本キリスト教団出版局
愛読者係行

注 文 書

裏面に住所・氏名・電話番号をご記入の上、
日本キリスト教団出版局の書籍のご注文にお使いください。
お近くのキリスト教専門書店からお送りいたします。

ご注文の書名	ご注文冊数
	冊
	冊
	冊
	冊
	冊

ご購読ありがとうございました。今後ますますご要望にお応えする書籍を出版したいと存じますので、アンケートにご協力くださいますようお願いいたします。抽選により、クリスマスに本のプレゼントをいたします。

ご購入の本の題名

ご購入の動機　1　書店で見て　2　人にすすめられて　3　図書目録を見て
4　書評（　　　）を見て　5　広告（　　　）を見て

本書についてのご意見、ご感想、その他をお聞かせください。

ご住所　〒

お電話　（　　）

フリガナ　（年齢）

お名前

（ご職業、所属団体、学校、教会など）

電子メールでの新刊案内を希望する方は、メールアドレスをご記入ください。

図書目録のご希望	定期刊行物の見本ご希望
有　・　無	信徒の友・こころの友・他（　　　）

このカードの情報は当社およびNCC加盟プロテスタント系出版社のご案内以外には使用いたしません。なお、ご案内がご不要のお客様は下記に◯印をお願いいたします。

・日本キリスト教団出版局からの案内不要

・他のプロテスタント系出版社の案内不要

お買い上げ書店名

市・区・町　書店

いただいたご感想は、お名前・ご住所を除いて一部紹介させていただく場合がございます。

5 月刊行予定

「敬天愛人」をめぐる系譜と群像
「建学の精神」の源泉をたずねて
名古屋学院大学キリスト教センター 編

信仰生活ガイド
祈りのレッスン（仮題）
柳下明子 編

編集者イチ推しの本『信徒の友』掲載分より

統一協会＝原理運動
その見極めかたと対策
浅見定雄 著

●B6判 並製・226頁・定価1,540円《1987年刊》

様々なダミー団体を通じ日本の政治家や有名人に取り入り広告塔にしつつ、霊感商法や献金強要、若者を洗脳し学業を放棄させ従順な集金装置にして問題視されている統一協会（現・世界平和統一家庭連合）。60年以上にわたる活動で、今や、信者の子どもたちが親の異常な献金で生活苦にあえいだり人生を狂わされる「2世問題」の段階にすら入っています。日本基督教団は1986年「統一原理問題連絡会」（現・カルト問題連絡会）を設立。翌年、当時第一線でこの問題に取り組んでいた著者が、統一協会の活動実態と被害、その教義の異様さと誤り、家族や自分がだまされそうになった時の注意点と対策をまとめたのが、この『統一協会＝原理運動』です。初版は40年近く前になりますが、統一協会の体質は当時から驚くほど変わっておらず、被害も後を絶ちません。「残念ながら」、今でも本書は社会に有用な、大事な基礎知識を提供してくれる一冊です。（秦）

VTJ 旧約聖書注解 エレミヤ書 1～20章

大串 肇

「審判」と「救済」という大きな二つのテーマがそのなかに響きわたっているエレミヤ書。本文や文体、内容が非常に難解であるその書を、40年近くにわたってエレミヤ書研究に従事してきた著者が最新の研究を反映させながら丁寧に解説する。渾身の一冊。

●A5判 上製・616頁・定価9,240円《3月刊》

シリーズ好評発売中

『出エジプト記1～18章』『出エジプト記19～40章』鈴木佳秀　各 定価4,840円
『申命記』鈴木佳秀　定価8,580円　『サムエル記上1～15章』勝村弘也　定価7,260円
『列王記上1～11章』山我哲雄　定価5,280円　『コヘレト書』小友 聡　定価3,520円
『イザヤ書1～12章』大島 力　定価4,400円

ヨブ記を読もう 苦難から自由へ

並木浩一

苦難と悪の問題について答えを求め、ヨブ記を読んだ人は多い。あまりの難しさに読み通せなかった人、読み通してますます混乱した人はもっと多い。本書は難解なテクストの背後にある思考を丹念に解きあかす。これさえあればヨブ記は読み通せる！　＊著者による「ヨブ記」の訳を出版局HPで公開中！

●四六判 並製・224頁・定価2,640円《2月刊》

遠藤周作探究 全3巻《最終回配本》

Ⅲ 遠藤周作の文学とキリスト教

山根道公

長年、遠藤周作研究に従事してきた著者による論考集。遠藤周作における聖書理解、吉満義彦や井上洋治が彼に与えた影響、幾度にわたる彼の闘病経験が『沈黙』をはじめとする作品にどのように反映されているか等を吟味する。遠藤作品への理解を深める一冊。

●A5判 上製・352頁・定価4,180円《2月刊》

三浦綾子 祈りの世界

最新刊！

三浦綾子 文　**おちあいまちこ** 写真

祈る言葉は祈る人の本質をあらわにする。三浦綾子の祈りは、三浦綾子が望んだもの、大切に思っていたものを伝えている。それは没後25年を経た今も色褪せず、生き生きと心に飛び込んでくる。前作『三浦綾子　祈りのことば』に続き、32編の祈りと短文「祈りの姿」を収録。

●A5判変型 並製・80頁・定価1,540円《4月刊》

好評発売中『三浦綾子　祈りのことば』おちあいまちこ＝写真　定価1,320円

あらすじで読むキリスト教文学
芥川龍之介から遠藤周作まで

柴崎 聰 監修

キリスト教を伝える文学作品はキリスト教徒によるとは限らない。キリスト教のエッセンスが含まれる名作24作品を「作者略歴」「背景と解説」「あらすじ」で紹介。あらすじ自体が読みごたえのある優れた一つの「物語」となっており、作品本編へといざなっている。

●四六判 並製・160頁・定価1,760円《3月刊》

好評発売中『あらすじで読む三浦綾子 名著36選』森下辰衛＝監修　定価1,760円

説教ワークブック
豊かな説教のための15講

トマス・H・トロウガー／レオノラ・タブス・ティスデール
吉村和雄 訳

米国イェール神学校の説教の授業を紙上再現。「よい説教とは何か」「聖書の読み方」「聖書釈義の仕方」「会衆を釈義する」「月曜日から日曜日までの毎日をどう過ごすか」「説教の基本形のレパートリー」などの15の講義。神学生から熟練の説教者まで、誰もが待っていた1冊。

●A5判 並製・200頁・定価3,300円《3月刊》

天地を造り給いし神よ
神が鳩を造られたのは
何億年前のことでしょうか
ノアの箱舟に
入っていたあの鳩の頃から
いったい　何代
生き替わり　死に替わって
今　この鳩はあるのでしょう

今　生きている人間も
多くの動物たちも
数え切れぬほど　生き替わり
死に替わりして
懸命に生きて参りました
それですのに　人間たちは
今日も戦争をしているのです
主よ　聖国《みくに》を来らせ給え

神さま
紅梅に降る雪の
なんと美しいことでしょう
けれども　紅梅には
この雪の冷たさが
耐えられないかも知れません
私たち人間は
時に耐え難い辛い思いの中で

けなげにも頬笑んでいる
この紅梅に学ばねば
ならぬことが
あるのではないでしょうか
「忍びぬいた者は幸である」
とのみ言葉を
新しい思いで
思わずにはおられません

与えられたこの仕事を通して、聖なる神の御名《みな》が讃えられるものとなりますように。これから書き現すひとつひとつが、どうか読む方の力となりますように。現実の世界は苦難に満ちております。どうか、苦しみの中にある人に、あなたの光が与えられますように、弱い私たちの働きにも、必要な力と知恵をお与えください。私たちに、この仕事が与えられていることの意味を、正しく知ることのできるよう、常に心の目をひらかせてください。

この私の病気が、私の生涯にとって、必要欠くべからざるものであるということを、感謝をもって受けとめることのできますように、力をお与えくださいい。苦しみや退屈に耐える力を与えて、このベッドを、自分に与えられた教室として、今日の日を過ごすことができますように。御心ならば、病むことを通して、人々にキリストの恵みを伝えることができますように。

神さまは、なんと慈しみ深いお方なのでしょう。落葉松《からまつ》には落葉松の大勢の仲間を与えられました。笹には笹の仲間をたくさん与えられました。人間には人間の何十億の仲間を与えられました。けれども神よ、神には神の仲間はおられません。神は天地万物の中に、唯、ひとりのお方です。唯一の神の聖名《みな》はほむべきかな。

私は主婦として、今日一日この家庭を守る使命を与えられました。毎日同じことの繰り返しの中で、ともすれば生活が惰性に流されようとしますが、昨日より今日を、更に深く、よく生きることのできますように、導いてください。家事の一つ一つを通して、そこに心地よく住むことのできる、家庭へのあたたかい配慮や、深い心遣いを培《つちか》うことができますように。またそこに、生きることの深い意味を発見することができますように。

神よ、私は今日もいらいらとして、人に当たりちらしました。どうかそんな私を、周囲の人たちを思いやる人間に変えてください。どんな小さな心遣いにも、感謝の言葉を出すことのできるような、やさしさを与えてください。自分のために心配している人々に、心の明るくなるような言葉をかけ得る人間にしてください。

神様、わたくしのすべてをどうぞお許しください。神様、わたくしはきょうも、みめぐみに溢れつつも、心狭く、人を愛し得ない女でした。どうぞすべての人を、母のようなやさしく広い心で愛する者とならせてください。きょう葬りました幼子の霊を、何卒《なにとぞ》愛してくださいませ。わたしに愛を、本当の愛を与えてくださいませ。

インマヌエル・アーメン

わが魂の、永遠の父（神）よ。わたしの心に浮かぶはじめの思いが、あなたを思うものでありますように。最初の行いが、ひざまずいてあなたに祈るものでありますように。

考えなしに語った思いやりのない言葉を、嫉妬《しっと》と羨望《せんぼう》に満ちたまなざしを、悪事を喜び真理を喜ばない耳を、汚れた手を、さまよい歩く足を、高慢な態度を、神よどうかおゆるしください。わたしの心は、なすべきことをしなかったこと、なすべきでないことをしたことを思い出して、重荷に悩んでいます。

万物を創造し給いし御神、神は愛をもってこの世をお造りくださり、人間に尊い命をお与えくださいました。にもかかわらず、私たち人間は、なんと罪深い心を持っているのでしょう。自分の胎内に宿した生命の芽を、自由の名によって奪っております。その数は現在日本だけで、年間百万にも及ぶと聞きます。神よ、この恐ろしい罪をお許しください。

人間は幼な児を可愛いと思います。しかし神は胎児をもどんなにいとしくごらんになっていらっしゃることでしょう。その愛をどうか人間に、すべての男女にお与えください。心よりお祈り申し上げます。

キリストの名によって

神よ、愛する者が死にました。どうかこの死が、残された者にとって、いかなる意味を持つのか、教えてください。誤りなくその死の意味を受けとめることができますように、教えてください。

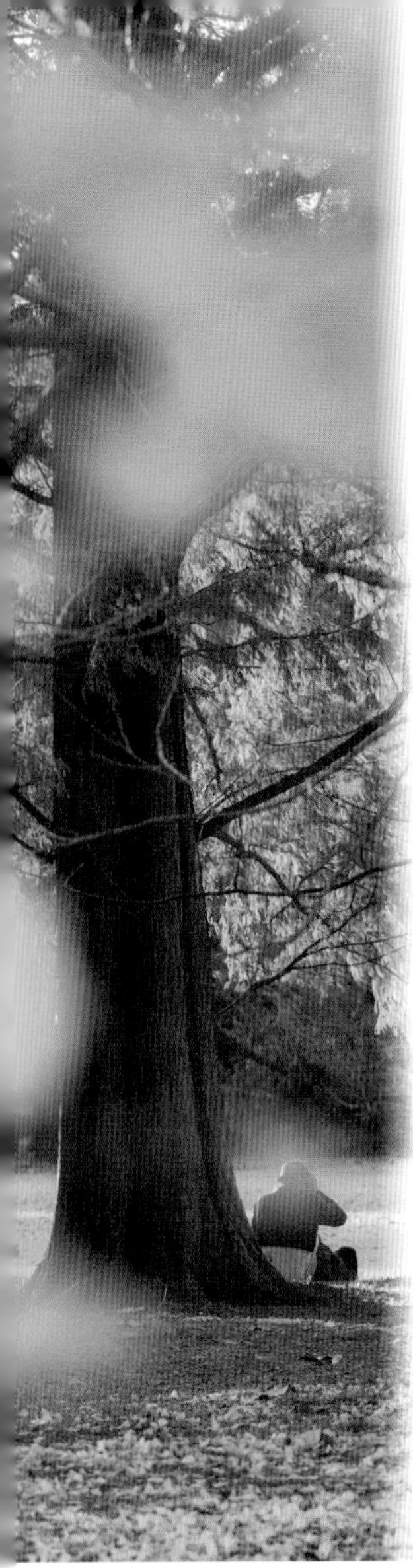

神よ、人間に、人間を殺す権利があるのですか。人間に、人間を殺してよい時があるのですか。他国人の命は軽く扱っていいと、神がお許しになったことがあるのですか。空に国境がないように、もともと地上にも国境があってはならない筈です。一つの太陽に照らされているわたしたちは、一つ心になるべきではないでしょうか。いいえ、もし太陽が幾つもあったとしても、わたしたち人間を創造された神はおひとりです。その神の故に、地上の人々は国境を越えて、本気で愛し合わなければならないと思います。神よ、どうぞ、わたしたち人間の罪をお許し下さい。そして、〈われらの国籍は天にある〉という聖句を、すべての人の胸に宿らせて下さい。

神様、きょうの喜びの日をお与えくださいましたことを、心から感謝申しあげます。きょうより一体となって、神と人とに仕える家庭を築き得ますように、わたしたちをお導きください。

すべては、神様の御心のとおりになりますように。人間の目には悪いと見える出来事にも、感謝をもって従うことができますように。

主よ、書くことが御旨《みむね》ならばお癒しください。御旨でなければ、このままでよろしゅうございます。まちがっても、書いてはならぬことを書くことがありませんように。

すべての人の心を悉《ことごと》くご存じの、全能の御神、今日は、私のねがっておりました難関を無事に突破させていただきました。心より感謝いたします。私はともすれば、自分が他の人々よりも勝れているかの如く、誇りたい思いに満たされます。どうか、自分の努力、自分の才能をのみ数えることがありませんように。心を静めて、御前に深い感謝を捧げ得ますように、私の心をお導きください。幼い時より、私を教え導いてくれた教師や、親たちの努力の中に育てられた自分であることを、思うことができますように。またこのために、周囲の人の寄せてくれた細かい心遣いに対して、大きな感謝を覚える者でありますように。

また今日、このように喜んでいる私とは反対に、嘆きを味わっている多くの人々に、侮蔑ではなく、大きな痛みを共に持つことができますように。自分がその人々より、価値のあるような人間であるかのように、誇り高ぶる者でありませんように。自分もまた一つ間違えば、失敗したであろうことを、謙虚に顧みることができますように。

そして、与えられた栄冠を虚心に受けとり、誠実に歩んで行くことのできますように、力をお与えください。

次頁掲載の「祈りの姿」は、主婦の友社刊の『主婦の友』誌に連載され（１９７７年１月号から12月号）、１９７８年に単行本化された『天の梯子』の第１章を再録したものである。

祈りの姿

あなたは祈る時、自分のへやにはいり、戸を閉じて、隠れた所においでになるあなたの父に祈りなさい。

「マタイによる福音書」第六章六節

いかなる時、人は最も美しいといえるだろうか。

額に汗して、一心に働く姿も美しい。みどり児を抱く母も美しい。老人をいたわっている若者も美しい。

が、私は今、小学校六年生の頃に読んだ一つの場面を思い出す。その小説の題名も作者も忘れた。それは確か、天草の乱の物語であった。十七歳の天草四郎の前に、美しい女が二人現れる。一人は媚態あふるる妖艶な女性、一人はその正反対の女性であった。天草四郎がひかれたのは後者であった。

なぜ天草四郎は後者に惹かれたか。それは夕日の野で、静かに祈る彼女の姿を見たからである。その、祈る女性の姿に犯しがたい気品と清らかさを見て、深い感動を与えられたからである。

この小説を読んでしばらくの間、私は自分もまたその女性を見たかのような錯覚さえ覚えたものであった。人が祈る姿とは、そんなにも美しいものだろうか。私はそうした、人を感動させるほどの祈りの境地に、少女らしい憧憬を抱いたものであった。

祈り！　しかし、果たして祈りは、そんなにも人の心に迫る美しさを持っているものかどうか、私は次第に疑いを持つようになっていった。

私は軍国主義時代の女学生として、度々神社参拝に引率されて行った。全校生徒千人余りが、神社の境内に整列し、

「礼！」

という号令によって、一せいに頭を下げた。その頭を下げる時、私たち生徒の胸に一体何が浮かんだことであろう。只号令に合わせて頭を下げるだけで、胸には何も浮かばなかったのではなかったか。人に号令をかけられて頭を下げることと「祈り」とは、もともと何の関わりもない姿に思われる。

第一私たち少女は、何に向かって頭を下げているのかさえ、わからなかった。

幼い時から、鳥居の前を通る時は頭を下げた。そのように躾けられて来た私たちだった。少女のみならず、そこに何がまつられているか、何を神としているか、突きつめて考えたことのないのが、一般の人の実態ではなかったろうか。

号令をかけている教師のほうでも「神とは何か」を尋ねられたなら、答え得る者はほとんどなかったのではないか。号令をかけるほうも、かけられるほうも、祈りの対象が何者かもわからずにいたというのが、真相であったろう。

ところで、日本の家庭には、大ていの家に神棚と仏壇がある。今の若い人たちは、神棚をまつることはしないかも知れないが、とにかく神棚と仏壇のない家は、以前にはほとんどなかった。

この神棚や仏壇に向かって、私も子供の頃朝夕手を合わさせられたものであった。が、この時もまた神社と同様、何に向かって祈っているのか、さだかではなかった。大人だって、本気で神棚の上に神さまが乗っかっているとは、決して思ってはいない筈だった。只、神棚をおくことによって、家庭の一劃に神聖なふんいきを持つ場所を作っているに過ぎないようであった。そこに飾られた、只印刷されただけのお札《ふだ》なるものを、本気で神体と考えた人が果たしてどれほどいただろうか。

いや、意外と人間には妙な弱味がある。たとえ印刷された只の札であろうと、それは何となく神らしき、尊いものと思いこむところが、私たち日本人にはあるのかも知れない。

「粗末に扱うと、罰《ばち》が当たる」

大ていの人は、意外とそう本気に思うものである。実は神なるものの本体を知ってはいないのだ。だからこそお札をまつって拝むわけで、根本のところで曖昧になってしまうのは当然なのだ。本当に神がいかなるお方か、神の前にいかにあるべきかを知っていたなら、もっと私たち日本人の生活は変わったものになったのではないだろうか。

映画や芝居で、やくざ（ママ）の親分の家や妓楼などに、立派な神棚がまつられてあるのをよく見かける。一体あの神棚に、何を毎日祈って、やくざ稼業や、女の血を絞りとるような稼業をつづけていくというのだろう。恐らくそれは、

「家内安全、商売繁昌」

の祈りに過ぎないのではないか。人が困ろうが迷惑しようが、そんなことはかまわない。わが家のみ安泰で繁昌すればよいという祈り。そんな姿勢で祈る祈りを聞き上げる神がいるとしたら、大変なことである。

とはいえ、私たちの祈りのほとんどは、この「家内安全、商売繁昌」の祈りと、一体どれほどちがっていることであろうか。考えてみると、お互い心もとない限りである。

私たち人間は、一生の間に、少なくとも一度や二度、

「神よ、お助けください」

と、祈りたくなる時がある筈だ。

それはむろん、喜びの日々や順境の日々においてではなくて、苦しみや悲しみの時においてである。俗に「苦しい時の神頼み」というが、これが偽らざる人間の神に対する姿ではないだろうか。苦しい時だけ、辛い時だけ神棚の前に手を合わせ、あるいは額をすりつけ、「どうかお助けください」と祈るのである。

私にもその覚えがある。女学校時代、弟が危篤の夜、病室の廊下に額をすりつけ、

「神さまどうかお助けください。弟をお助けください」

と涙ながらに祈ったものだった。私の父もこの時、廊下に這いつくばって、ひたすら祈っていたのを知っている。だが、弟の病気がなおってからは、

「神さま、ありがとうございます」

と、お礼を申し上げた記憶は私にはない。人間は全く勝手なるものである。

しかし、もしこれが、神が如何なる方であり、まことに実在していると信じているならば、私たちは到底このような態度を神に対して取るわけにはいかないであろう。神が実在していると信ずるならば、もっともっと、日々神に対して、感謝や、お礼や、お導きを申し上げる筈だからである。

私が小説を書くようになってから、様々な方が金を借りに来るようになった。ふだんは手紙もよこさず、電話もかけて来ず、訪ねても来ないが、金の用事がある時

だけ、訪ねて来るという人が何人かある。訪ねて来れば、即ち金の話なのである。これはまことに淋しい。

神に対する私たちも、「苦しい時の神頼み」だけでは、神にとって実に苦々しいことにちがいない。

私は昨年一杯、この『主婦の友』で「三浦綾子への手紙」の回答をさせていただいた。人々は実にたくさんの悩みを持っていた。そのお便りを見ながら私は、(もしこの人たちが、真《まこと》の神さえ信じていたならと、幾度思ったことであろう。真の神を信じ、神に祈ることを知っていたならば、その人たちの苦しみは、その人たちにもっとちがった意味をもたらしていたと思うのである。

そんなわけで私は、祈りについて書いてみたいと思うようになった。たとえ神を信じてはいなくても、神を信ずる者の祈りを知ったなら、きっとその祈りの対象である神が、次第にわかってくるのではないか。そうも思うようになったのである。

なぜなら「祈りは神との対話である」ともいわれているからである。祈りが神との対話であるとすれば、祈りを学ぶことによって、祈りの対話者である神も、おのずと見えてくると、私は思うのだ。神の前にある人間の祈りを知るならば、まだ神を知らぬ人も、神の前にあるあり方が、わかる筈なのだ。そう私は思ったのである。

で、この間、私は私の友人に、『朝の祈り夜の祈り』（J・ベイリー著、新見宏訳、日本キリスト教団出版局刊）という祈りの本をプレゼントした。彼女は女手で、大きな国際的な仕事をし、たくさんの人々を使用している実業家である。教会に通ってはいないが、夜、眠る前のひと時、二十分間ほどは神の前に祈るという。そしてその祈りの時が、一日中で一番平安な時だという。その言葉に私は、キリスト者として感動を覚えた。クリスチャンと雖も、一日に二十分間、心静かに神との対話を持つ人は、それほど多いとは思えない。

三度の食膳の祈り、夜眠る前の祈り、それぞれ簡単に終わっていることが多いのではないかと思う。だから、信者でない彼女が一日に二十分間祈るということは、私には非常に大きなことに思われた。その彼女に私は、祈りの本を通して、更に深く神を知ってほしいと思ったのである。

私はこれから、日常の祈り、そして様々な問題に遭遇した場合の祈りを、一年間書いてみたいと思う。一年間も、祈りについて連載するネタがあるのかと、人々は思うかも知れない。「家内安全、商売繁昌」的な祈りしか知らない人には、確かにそういう疑問は湧くだろう。しかし、キリスト教では、

「祈りは信者の呼吸である」

といわれている。祈りが如何なるものか知っている人には、四百字詰の原稿用紙、

僅か百八十枚で、祈りについて書き終えることができるだろうかと、むしろ不安に思われることであろう。

私は実は、自分自身もまた、如何に祈るべきかを、決してよくわかってはいないと思っている。洗礼を受けてから二十四年、毎日祈って来た筈だが、本当はどれほどもわかってはいない。だから、これを機会に、私もまた共に祈りを学びたいと思っているのである。

ところで、人は朝目覚めた時、一体何を神に祈るであろう。その人がもし、自分自身も家族も健康で、経済的にも、人間関係の上にも、何の不安も問題もないとする。即ちすべて満ち足りているとする。

そんな時、あなたは一体何と神の前に祈るだろうか。ここで静かに、自分自身に問うていただきたいのである。

先ほど私が友人にプレゼントした『朝の祈り夜の祈り』の第一頁から、朝の祈りの言葉を紹介してみたいと思う。

〈わがたましいの永遠の父よ。

この日、わたしの心にうかぶはじめの思いが、あなたを思うものでありますように。また、まずあなたを礼拝することを思いつき、はじめて口に出す言葉があなたのみ名であり、最初の行ないが、ひざまずいてあなたに祈ることでありますように。

（中略）

けれども、この朝の祈りをとなえたとき、もう礼拝をおえたとして、のこる一日、あなたを忘れることがありませんように。むしろこの静かなときから、光と喜びと力とが生まれ、わたしの時間もわたしの心にとどまり、わたしの思いを純潔に保ち、わたしの言葉をおだやかに、また真実に保ち、わたしの仕事を忠実に勤勉につとめ、自らたかぶることなく、人びとに接しては尊敬と寛容とを保ち、すぎ去った日のとうとい思い出を重んじ、あなたの子としての、とこしえのさだめをつねに思わせてください。（後略）〉

これをお読みになって、あなたはいかが思われたことであろうか。ここには、「苦しい時の神頼み」はもちろんのこと、「家内安全、商売繁昌」の利己的な思いは、つゆほどもないといえる。こうした祈りを祈る人の姿こそ、確かに、天草四郎が心打たれた祈りの姿ではないだろうか。

なぜこのように祈り得るか。それは、祈る対象が人格を持った神だからである。印刷された一枚のお札でもなく、死んだ者を神としてまつり上げた存在でもないからだ。限りなく清く、限りなく豊かな愛の、そして全く正しい聖なる神が、祈りの対象だからだ。

前述したように、祈りは神との対話である。私たちは、人間同志対話する時でさえ、対話する相手によって、自分の中から様々なものが引き出されるものである。小意地の悪い人と対話をしていると、こちらの心も歪みそうになるが、おだやかな人と話をしていると、こちらの気持ちも素直になる。寛大な人と話をしていると、心素直に伸び伸びとした思いになるし、無邪気な子供と話をしていると、こちらも童心が、引き出される。

というわけで、神との対話である祈りもまた、知らず知らずのうちに私たちみにくい人間をも、高め清めてくれるのである。

さて、祈る時、私たちは先ず、神なる方が、どんなお方であるかを思い浮かべ、その方が私たちに、どんな祈りを求めていられるかを、静かに問うてみることから始めると、いいと思う。

祈る姿は、必ずしも決まってはいない。寝たっきりの病者は寝たままでいいし、健康人は立ったままでも、正座してでも、それは自由である。只、神の前に静かに対座しているならば、外に現れた形は問わない。ある時は歩きながら、または仕事をしながら祈ることもある。

祈る対象は、あくまでもこの世を造り給うた全能の神でなければならない。日本には至る所に、人をまつった神社がある。狐や馬をまつった社寺まであるのだから、祈る対象は厳然と区別していなければならない。人間の死者がまつられた神社は、神と誤りやすいから特に注意して、祈る対象としないことである。真の神は唯一なのであるから。

ある棟梁がこんなことを言っていた。

「あっしはねえ、仏罰だの、先祖の祟りだのってえのは、どうもわかんねえんですよ。みんな親不孝なことばっかりしていて、誰も彼もご先祖に祟られるような者ばっかりなのに、結構祟られもしない。と思えば、ご先祖が、子孫を守ってくれるんなら、どの家もさぞかし栄えるだろうと思うのに、それほどでもない」

確かにそのとおりなのだが、私たち日本人は、根強く死者の祟りを恐れる余り、まちがった信仰を持ちやすいので、私はくどくどと、はじめにこのように申し上げておくわけである。

天地を創造された神はまた、イエス・キリストの父なる神である。これから述べる祈りは、すべてそのイエス・キリストの父なる神に向かっての祈りであることを知っていただきたい。

前述したように日々の祈りのほかに、絶望した時の祈り、過失を犯した時の祈り、夫婦関係が危機におちいった時の祈り、病気の時の祈り、失恋した時の祈り、結婚の時の祈り、順境にある時の祈り、死の時の祈りなど、順次述べて行きたいと思う。何らかの力になれば、幸いである。

初出一覧

p.4 ～ 37, 42 ～ 43
『祈りの風景』（日本キリスト教団出版局、1991 年）

p.38 ～ 41, 44 ～ 47, 56 ～ 57, 64 ～ 65, 67 ～ 77
『天の梯子』（主婦の友社、1978 年）

p.48 ～ 49, 60 ～ 61
『道ありき』（主婦の友社、1969 年）

p.50 ～ 53
『小さな郵便車』（角川書店、1988 年）

p.54 ～ 55
『心のある家』（講談社、1991 年）

p.58 ～ 59
『北国日記』（主婦の友社、1984 年）

p.60 ～ 61
『この土の器をも』（主婦の友社、1970 年）

p.62 ～ 63
『夕映えの旅人』（日本キリスト教団出版局、2000 年）

瀧 眞智子（おちあい・まちこ）
フォトグラファー。恵泉女学園大学公開講座講師。公益社団法人日本写真家協会会員。
作品：日本キリスト教団出版局より、『歓びのうた、祈りのこころ』『ことばの花束　愛』『ことばの花束　希望』（小塩トシ子氏との共著）、『POSTCARD BOOK　ことばの花束』、『うつくしいもの──八木重吉信仰詩集』、『三浦綾子　祈りのことば』を刊行。他に、いのちのことば社より『今日もいいことありますように』、『泣いても笑っても心にいい風吹きますように』（本嶋美代子氏との共著）、『野の花の贈りもの』『光の小径』（花村みほ氏との共著）、『青いろノート』、『きぼうの朝（あした）』、『なぐさめの詩（うた）』を刊行。

装幀 / デザインコンビビア（田島未久歩）
写真協力・霊南坂教会（p.1, 19, 28-29）
恵泉蓼科ガーデン（p.24-25）

三浦綾子 祈りの世界

2024 年 4 月 25 日　初版発行

著　者　三浦綾子
写　真　おちあいまちこ
発行所　日本キリスト教団出版局
〒 169-0051　東京都新宿区西早稲田 2-3-18
電話・営業 03（3204）0422、編集 03（3204）0424
https://bp-uccj.jp/
印刷・製本　精興社

ISBN978-4-8184-1161-6 C0016　日キ版
Printed in Japan